L'ÉTRANGER

Albert Camus

Fiche de lecture

Rédigée par Pierre Weber, maître en langues et littératures romanes

LePetitLittéraire.fr

Retrouvez tout notre catalogue sur www.lePetitLitteraire.fr
Avec lePetitLittéraire.fr, simplifiez-vous la lecture !

© Primento Éditions, 2011. Tous droits réservés.
4, rue Henri Lemaitre | 5000 Namur
www.primento.com
ISBN 978-2-8062-1364-8
Dépôt légal : D/2011/12.603/277

SOMMAIRE

L'ÉTRANGER

ALBERT CAMUS

Français né en Algérie, Prix Nobel de littérature, Albert Camus (1913-1960) est l'un des écrivains majeurs du XXe siècle. Intellectuel profondément engagé, philosophe, journaliste, dramaturge et romancier, il a marqué son temps par sa réflexion sur l'absurde, qui a trouvé chez lui une expression nuancée, sensible et humaine.

Largement admiré, parfois critiqué, Camus a trouvé un écho considérable dans le monde entier avec ses romans *La Peste* (1947) et, surtout, *L'Étranger* (1942). Il est mort prématurément en 1960 des suites d'un accident de voiture.

- **Né en 1913, décédé en 1960**
- **Écrivain, dramaturge, essayiste et philosophe**
- **Quelques-unes de ses œuvres :**

Caligula (1938), pièce de théâtre
L'Étranger (1942), roman
Le Mythe de Sisyphe (1942), essai
La Peste (1947), roman

Un roman atypique dans le paysage littéraire

Publié en 1942, *L'Étranger* est le premier roman de Camus. Il raconte comment Meursault, un jeune homme taiseux incarnant l'absurde au point d'être étranger à sa propre existence, est condamné à mort pour le meurtre d'un Arabe, parce qu'il n'a pas pleuré lors de l'enterrement de sa mère. Écrit à la première personne dans un style très oral, ce roman atypique est aussi une critique de la comédie humaine.

L'Étranger est une des œuvres du XXe siècle les plus lues et les plus étudiées en France et dans le monde.

1. RÉSUMÉ

Première partie

Chapitre I

Meursault, le narrateur, **apprend la mort de sa mère** dans une apparente **indifférence**. Il prend congé de son travail, à Alger, pour se rendre à « l'asile de vieillards » (p.9) où elle vivait. Là, il veille sur sa dépouille toute une nuit, en compagnie des autres pensionnaires de l'asile, trompant l'ennui en fumant des cigarettes et en buvant du café au lait.

Le lendemain, il accompagne le cortège funèbre qui serpente dans la campagne algérienne sous un soleil de plomb. Il assiste à l'enterrement sans émotion apparente, puis rentre à Alger avec soulagement (« j'ai pensé que j'allais me coucher et dormir pendant douze heures », p.31).

Chapitre II

Le jour suivant l'enterrement, Meursault s'aperçoit que c'est un samedi. Il décide de partir **se baigner** à la plage, où il **rencontre Marie**, une ancienne collègue de bureau. Ils profitent ensemble de la journée, complices, passent la soirée au cinéma et la nuit dans l'appartement de Meursault.

Le dimanche, Marie retrouve sa famille, et Meursault tue le temps en fumant des cigarettes à son balcon et en observant les gens passer dans la rue.

Chapitre III

Meursault reprend le travail, le lundi, et retrouve ses habitudes. Le soir, lorsqu'il rentre chez lui, il croise Salamano, son voisin de palier, qui promène son chien. Salamano insulte et bat régulièrement ce vieux chien malade, avec qui il forme un drôle de couple.

Meursault est **invité à diner par** son autre voisin de palier, **Raymond**, que l'on dit proxénète mais qui se prétend magasinier. Ils sympathisent. Raymond prend conseil auprès de Meursault pour une affaire de cœur, et obtient de lui qu'il écrive une lettre à sa maitresse qui l'aurait trompé, « avec des coups de pied et en même temps des choses pour la faire regretter » (p.53). Meursault et Raymond se quittent **bons amis** (« **Maintenant, tu es un vrai copain »**, p.54).

Chapitre IV

La suite de la semaine se déroule normalement. Le samedi, Meursault retrouve Marie : ils partent à nouveau se baigner et passent la nuit ensemble.

Le dimanche matin, une dispute éclate dans l'appartement de Raymond : celui-ci bat sa maitresse. Les habitants de l'immeuble se réunissent sur le palier, un agent met fin à la dispute. Meursault et Marie rentrent et prennent le déjeuner. Une fois Marie partie, Raymond vient trouver Meursault et lui demande de **faire un faux témoignage en sa faveur**. Meursault accepte. Ils sortent faire un tour, Raymond est aux petits soin avec Meursault. En rentrant, ils rencontrent Salamano qui a perdu son chien.

Chapitre V

Une nouvelle semaine s'écoule. **Raymond invite Meursault à passer le dimanche** dans un cabanon, chez un ami. Meursault accepte. De son côté, Marie lui demande s'il veut l'épouser : Meursault y semble indifférent (« j'ai dit que cela m'était égal et que nous pourrions le faire si elle le voulait », p.69). Salamano, quant à lui, s'habitue difficilement à la perte de son chien.

Chapitre VI

Le dimanche matin, Marie, Meursault et Raymond se mettent en route pour le cabanon de l'ami de Raymond. Raymond attire leur attention sur **un groupe d'Arabes**, qui le surveille depuis quelques jours (l'un d'eux est le frère de sa maitresse).

Arrivés au cabanon, ils rencontrent Masson, l'ami de Raymond, et sa femme. Ils déjeunent ensemble, puis les trois hommes partent marcher le long de l'eau. Ils croisent les Arabes de Raymond ; **une rixe éclate, Raymond est blessé**. Ils retournent tous trois au cabanon. Une fois Raymond soigné, il repart marcher le long de l'eau. Meursault le suit. Ils s'arrêtent près d'une petite source où se sont réfugiés les deux Arabes. Raymond **confie son révolver** à Meursault, mais les quatre hommes s'observent sans rien faire. Les Arabes finissent par filer.

Raymond et Meursault rentrent au cabanon. Au dernier moment, Meursault change d'avis et fait demi-tour. **Il retourne à la source**, où se trouve à nouveau l'Arabe qui a blessé Raymond. La chaleur accablante du soleil, un éclat aveuglant qui passe sur la lame du couteau de l'Arabe poussent Meursault à **ouvrir le feu** sur lui à **cinq reprises**.

Deuxième partie

Chapitre I

Meursault est arrêté et l'instruction de son procès débute. Son avocat commis d'office souligne que son insensibilité lors de l'enterrement de sa mère peut jouer en sa défaveur, mais Meursault campe sur ses positions. Le juge d'instruction l'interroge longuement et tente de lui faire éprouver du remords en brandissant un crucifix sous son nez. Là encore, **Meursault reste impassible** et affirme ne pas croire en Dieu.

L'instruction suit ensuite son cours tranquillement durant onze mois.

Chapitre II

Meursault revient sur ses conditions de détention pendant l'instruction. Il raconte la première et unique visite de Marie, au milieu d'une salle surpeuplée, puis comment il a appris à faire passer le temps peu à peu, en revisitant ses souvenirs (« J'ai compris alors qu'un homme qui n'aurait vécu qu'un seul jour pourrait sans peine vivre cent ans dans une prison », p.123).

Chapitres III-IV

Le procès débute et les témoignages s'enchainent. **On reproche à Meursault son insensibilité lors de l'enterrement de sa mère**, et le fait d'avoir entamé une liaison amoureuse dès le lendemain. Son amitié avec Raymond lui est défavorable. On le dépeint comme un meurtrier froid (« j'accuse cet homme d'avoir enterré une mère avec un cœur de criminel », p.148).

Lors des plaidoiries, le **procureur se montre convaincant**, estimant le meurtre prémédité et réclamant la peine de mort. **L'avocat de Meursault** est quant à lui **pathétique et convenu**. Les jurés se retirent, puis le juge annonce la sentence : **Meursault est condamné à mort**.

Chapitre V

Meursault se morfond dans sa cellule, en attendant son exécution. Il reçoit la **visite d'un aumônier**, qui essaie de le convaincre de se tourner vers Dieu pour trouver du réconfort dans l'épreuve qu'il traverse. Meursault refuse et s'emporte, mettant en avant **l'absurdité du monde** et l'inexistence d'une autre vie.

Le roman s'achève sur la prise de conscience définitive par Meursault que le monde est fondamentalement indifférent à tout ce qui se passe, ce qui le libère (« je m'ouvrais pour la première fois à la tendre indifférence du monde », p.186). Il **attend son exécution, qui n'arrivera peut-être jamais** – sa demande de grâce ou son pourvoi ayant de bonnes chances de passer –, en souhaitant que les éventuels spectateurs soient nombreux et « qu'ils [l]'accueillent avec des cris de haine » (p.186).

2. ÉTUDE DES PERSONNAGES

Meursault

Meursault, le narrateur du roman, est un Français qui vit et travaille à Alger. On sait peu de choses sur ce jeune homme taciturne, sinon qu'il a abandonné ses études et perdu ses parents (son père très jeune, sa mère au début du roman). Énigmatique, il parait **radicalement détaché de tout sentiment, de toute préoccupation**, étranger à de nombreux aspects de sa propre existence.

Ses sens sont toutefois extrêmement en éveil : Meursault est **un être de sensualité**, totalement **tourné vers l'instant présent**. Les moments où son corps peut s'exprimer librement sont de réels moments de bonheur (les baignades, la plage, les nuits avec Marie...). D'une certaine façon, Meursault est même **prisonnier** de cette sensualité : il est si incapable de s'en extraire qu'il ne parvient à se projeter ni dans le passé, ni dans l'avenir (ça lui est égal d'épouser Marie ou d'aller travailler à Paris ; voir aussi III-3).

Son caractère l'empêche de se conformer aux exigences de la vie en société, dont le roman est une critique (voir III-2). **L'absurdité des règles** de bonne convenance, lors de l'enterrement de sa mère ou, plus encore, du procès de Meursault, est rendue évidente dans le roman. Plus largement, on peut voir en lui une image de **l'homme absurde**, confronté à un monde qui n'a pas de sens, qui lui échappe. Il n'est pas maitre de son destin, et la tragédie s'abat sur lui pour un acte qu'il a commis sans être maitre de lui-même.

Le style décousu et dépouillé du roman est à l'image de l'intériorité de Meursault même si, peu à peu, l'expression se fait plus maitrisée, comme si le personnage acquérait une conscience au fil de la narration (voir III-3).

Marie Cardona

Jeune femme plutôt séduisante, Marie est une **ancienne collègue de bureau** de Meursault. Lorsqu'ils se rencontrent par hasard un samedi, lors d'une baignade, une **relation amoureuse** empreinte de sensualité démarre presque immédiatement.

Marie est le personnage avec qui Meursault peut vivre le plus complètement sa **sensualité**. Les baignades et les nuits passées ensemble sont pour lui de réels moments de bonheur. Mais si leurs corps parviennent à communiquer, dès qu'il est question de sentiments ou de projets d'avenir, c'est l'incompréhension : l'amour, le mariage, auxquels Marie est attachée, ne signi-fient rien pour Meursault. Elle choisit malgré tout de l'accepter tel qu'il est (« elle a murmuré que j'étais bizarre, qu'elle m'aimait sans doute à cause de cela mais que peut-être un jour je la dégouterais pour les mêmes raisons », p.70).

Raymond Sintès

Voisin de palier de Meursault, Raymond se prétend magasinier, mais est en fait **proxénète**. Il se lie d'amitié avec Meursault, et cette relation sera à l'origine du drame.

Le rapprochement avec Meursault est orchestré par Raymond comme une véritable **opéra-tion de séduction de type fascisante :**

- Dès le premier contact, il joue sur les valeurs de **camaraderie** et de **virilité**, instaurant une relation privilégiée par un mélange habile de flatterie (« Je savais bien que tu connaissais la vie », p.54) et d'auto-valorisation (le récit de sa bagarre, p.48-49 ; son attitude avec le policier, p.61),

- Il s'impose comme un **leader naturel**, prend les initiatives et guide Meursault dans ses activités,

- Lors de situations de conflits, comme lors de la bagarre avec les deux Arabes, c'est lui qui donne les ordres.

Raymond est doublement à l'origine du malheur de Meursault : non seulement c'est à cause de lui que Meursault se trouve face à l'Arabe armé, mais en plus son témoignage au procès achève de convaincre le jury de sa culpabilité.

Les Arabes

L'Étranger a été publié en 1942, à un moment où la décolonisation n'a pas encore débuté. Le roman est révélateur des relations entre les communautés française et algérienne à cette époque, même si cette thématique n'y est pas centrale.

En fait de relations, il y a une réelle **fracture entre les communautés**, qui se ressent clairement dans le roman :

- Même si Meursault ne manifeste pas la moindre hostilité pour les Arabes (il les englobe plutôt dans son habituelle bienveillance détachée, même lors du meurtre), les Arabes ne sont **jamais personnalisés**, et n'ont jamais **voix au chapitre**. Ils forment une communauté à part, une masse indistincte,

- **La scène du parloir**, lorsque Marie vient voir Meursault, **matérialise la rupture entre communautés** : tandis que les Blancs restent debout et parlent fort pour essayer de se **faire entendre, les Arabes** restent accroupis et parlent plus bas (« Leur murmure sourd, parti de plus bas, formait comme une basse continue aux conversations qui s'entrecroisaient au-dessus de leurs têtes », p.116),

- Le fait que le meurtre soit celui d'un Blanc à l'encontre d'un Arabe renforce également l'opposition entre les deux communautés.

3. CLÉS DE LECTURE

Un roman de l'absurde

L'Étranger fait partie du « **cycle de l'absurde** » **de Camus, au même titre que** *Le Mythe de Sisyphe* (essai) et *Caligula* (théâtre). Il y développe une réflexion sur un thème qui sera au centre de sa philosophie et de son œuvre.

Pour Camus, **l'absurde** est d'abord un **sentiment**, que tout le monde peut parfois éprouver. Ce sentiment, c'est celui de la **prise de conscience que le monde est radicalement silencieux et indifférent** face aux interrogations de l'homme. Quels que soient les questions qu'on pose, les actes qu'on commet ou les décisions qu'on prend, le réel dans lequel nous nous trouvons ne donne aucune réponse, n'a aucune réaction.

Meursault est **l'incarnation de ce sentiment d'absurde**. En dehors de ses sensations, rien ne semble avoir d'importance ni de sens pour lui. Il est presque indifférent à sa propre existence, étranger à lui-même, obéissant à une logique insaisissable.

D'ailleurs, le roman ne peut **pas se prêter à une lecture à sens unique**, lui non plus. Si la thématique de l'absurde y est clairement centrale, on ne parvient pas à en dégager une interprétation tout à fait satisfaisante. Le texte garde ainsi toujours une **résistance**, conserve une part **d'absurdité**.

C'est peut-être cette richesse qui fait de *L'Étranger* une œuvre si particulière et si largement étudiée, malgré des critiques parfois violentes. Dès sa parution, en 1942, il a d'ailleurs été **unanimement pressenti comme un roman majeur**, qui faisait écho à une des principales préoccupations de son époque : celle de la défiance envers le langage et le sens en général (qu'on retrouve notamment dans l'existentialisme en philosophie, et dans le Nouveau roman en littérature).

La thématique du soleil

Le soleil tient une place centrale dans *L'Étranger*, dont le cadre est situé en Algérie. Le nom du personnage, **Meursault**, est d'ailleurs probablement composé au départ de « meurt-soleil ».

Ainsi, le **soleil est aussi omniprésent qu'ambivalent**, étant parfois cause de **bonheur**, parfois cause de **malheur**. Les descriptions, les sensations, les évènements s'y rattachent toujours, de près ou de loin.

Du côté positif, on note notamment :

- Les moments passés à la **plage**, les **baignades** avec Marie.

Et du côté négatif :

- **L'enterrement de la mère de Meursault**, sous un soleil insupportable et étouffant,

- Le rôle que joue le soleil dans **le meurtre de l'Arabe**. Meursault déclare, à son procès, que c'est à cause du soleil qu'il a tiré : littéralement, c'est vrai (voir toutes les souffrances que le soleil provoque chez lui à ce moment, p.91-95),

- La chaleur qui règne dans le **tribunal** lors du procès de Meursault.

Une satire de la comédie sociale

Grâce au regard détaché que Meursault porte sur le monde, *L'Étranger* révèle avec force l'**absurdité de certaines conventions sociales**.

Le comportement de nombreux personnages est décrit avec une certaine perplexité, voire de la froideur, qui fait ressortir leur côté **arbitraire**, presque **théâtral**. Le point de vue décalé de Meursault fait apparaitre combien les relations sociales sont régies par des conventions, sont un jeu, une comédie.

Le récit du procès pousse très loin dans cette direction, et les plaidoiries en marquent le sommet. Le **procureur et l'avocat jouent un numéro d'acteur** – l'un avec talent, l'autre pas – qui pourtant sera décisif pour Meursault.

Ce qui est frappant, c'est que Meursault refuse avec détermination de rentrer dans le rang et de respecter le jeu de ces conventions. En particulier, **il refuse de mentir**, même lorsque cela serait bénéfique pour lui ; il refuse de jouer des faux-semblants. Et c'est pour cette raison qu'il est condamné, parce qu'il n'a pas joué le jeu lors de l'enterrement de sa mère, qu'il n'a pas porté le deuil, qu'il n'a pas manifesté de remords lors de son procès.

Une écriture dépouillée

Le style d'écriture adopté par Camus dans L'Étranger est particulier pour plusieurs raisons.

1. **Le récit est déstructuré**. Les phrases s'additionnent les unes après les autres, sans qu'il y ait de réel lien entre elles. On a l'impression d'une juxtaposition de faits, d'observation isolés, que le narrateur peine à organiser en un discours structuré.

2. **L'oralité de la langue est très forte**. L'indice le plus évident en est l'usage du passé composé plutôt que du passé simple, qui est normalement la règle dans les récits littéraires. Mais la tournure orale de certaines phrases ou expressions est manifeste à de nombreux endroits du texte, Camus restituant le parlé de ses personnages en jouant sur les répétitions et l'abondance de relatives (« Il m'a demandé si je pensais qu'il y avait de la tromperie, et moi, il me semblait bien qu'il y avait de la tromperie, si je trouvais qu'on devait la punir et ce que je ferais à sa place, je lui ai dit qu'on ne pouvait jamais savoir », p.53).

3. **La temporalité est déconstruite**. Alors que dans la première partie, on peut avoir l'impression que le récit est tenu presque au jour le jour (les marqueurs temporels comme « aujourd'hui », « maintenant », « hier », « cette semaine » abondent, le présent est parfois employé), dans la deuxième partie, la perspective temporelle change.

   On ne parvient en tout cas pas à dire quand Meursault aurait écrit son histoire. Les indices temporels sont trop flous et divergents pour pouvoir se faire une idée claire de la question. L'hypothèse la plus vraisemblable serait qu'il écrit – ou qu'il raconte – lorsqu'il est dans sa cellule, ou éventuellement à un moment postérieur au récit, et que le fait de raconter le replonge dans son passé, le conduit à **revivre ses souvenirs comme s'ils avaient lieu au présent**.

Il faut pourtant remarquer que ces caractéristiques, de la première à la deuxième partie du roman, subissent des changements plus ou moins importants. À mesure que le récit avance, Meursault adopte une langue de plus en plus maitrisée, travaillée, avec des images plus riches, un discours plus construit. Le style de la deuxième partie est globalement différent de celui de la première partie.

L'émergence de cette parole mieux maitrisée, plus lyrique, est peut-être due au récit lui-même : en se racontant, Meursault apprend à se livrer, à explorer son intériorité et ses sentiments, et cela se ressent ensuite dans son écriture.

4. PISTES DE RÉFLEXION

Quelques questions pour approfondir sa réflexion...

• Dans la deuxième partie du roman, Meursault s'oppose vigoureusement aux discours religieux. À votre avis, pourquoi rejette-t-il ainsi le spirituel ?

• Meursault refuse de se conformer aux canons de la morale sociale. Expliquez à l'aide d'exemples.

• En quoi l'écriture de Camus renforce-t-elle l'étrangeté, l'impassibilité et la solitude de Meursault ?

• Camus a utilisé la phrase suivante pour résumer le propos de L'Étranger : « Dans notre société tout homme qui ne pleure pas à l'enterrement de sa mère risque d'être condamné à mort ». Commentez.

• Pourquoi Meursault refuse-t-il de jouer le jeu des conventions ? Qu'est-ce qui est important à ses yeux ?

• Le soleil, dans la mythologie, incarne la force guerrière. Peut-on le percevoir de cette manière dans L'Étranger ? Justifiez.

• Selon Camus, Meursault est-il innocent ou responsable de ses actes ? Mérite-t-il d'être condamné à l'issue du procès ?

• À votre avis, comment serait-il possible de rendre le style dépouillé et neutre de ce roman dans une adaptation cinématographique ?

• Le roman de Kafka Le procès, paru en 1925, a en commun avec L'Étranger les thématiques de l'absurde et du procès. Quels points communs et quelles différences peut-on relever dans la manière dont les deux romans traitent ces thématiques ?

5. INFORMATIONS COMPLÉMENTAIRES

Édition de référence

- *L'Étranger*, éd. J. Malrieu, « Folio Plus », Gallimard, 1996.

Étude de référence

- F. Bagot, *Albert Camus. « L'Étranger »*, « Études littéraires », PUF, 1993.

Adaptation cinématographique

- *L'Étranger* (*Lo Straniero*, 1967), de Luchino Visconti, avec Marcello Mastroianni.

LePetitLittéraire.fr, une collection en ligne d'analyses littéraires de référence :
- des fiches de lecture, des questionnaires de lecture et des commentaires composés
- sur plus de 500 œuvres classiques et contemporaines
- ... le tout dans un langage clair et accessible !

Connectez-vous sur lePetitlittéraire.fr et téléchargez nos documents en quelques clics :

Adamek, *Le fusil à pétales*
Alibaba et les 40 voleurs
Amado, *Cacao*
Ancion, *Quatrième étage*
Andersen, *La petite sirène et autres contes*
Anouilh, *Antigone*
Anouilh, *Le Bal des voleurs*
Aragon, *Aurélien*
Aragon, *Le Paysan de Paris*
Aragon, *Le Roman inachevé*
Aurevilly, *Le chevalier des Touches*
Aurevilly, *Les Diaboliques*
Austen, *Orgueil et préjugés*
Austen, *Raison et sentiments*
Auster, *Brooklyn Folies*
Aymé, *Le Passe-Muraille*
Balzac, *Ferragus*
Balzac, *La Cousine Bette*
Balzac, *La Duchesse de Langeais*
Balzac, *La Femme de trente ans*
Balzac, *La Fille aux yeux d'or*
Balzac, *Le Bal des sceaux*
Balzac, *Le Chef-d'oeuvre inconnu*
Balzac, *Le Colonel Chabert*
Balzac, *Le Père Goriot*
Balzac, *L'Elixir de longue vie*
Balzac, *Les Chouans*
Balzac, *Les Illusions perdues*
Balzac, *Sarrasine*
Balzac, *Eugénie Grandet*
Balzac, *La Peau de chagrin*
Balzac, *Le Lys dans la vallée*
Barbery, *L'Elégance du hérisson*
Barbusse, *Le feu*
Baricco, *Soie*
Barjavel, *La Nuit des temps*
Barjavel, *Ravage*
Bauby, *Le scaphandre et le papillon*
Bauchau, *Antigone*
Bazin, *Vipère au poing*
Beaumarchais, *Le Barbier de Séville*
Beaumarchais, *Le Mariage de Figaro*
Beauvoir, *Le Deuxième sexe*
Beauvoir, *Mémoires d'une jeune fille rangée*
Beckett, *En attendant Godot*
Beckett, *Fin de partie*
Beigbeder, *Un roman français*
Benacquista, *La boîte noire et autres nouvelles*
Benacquista, *Malavita*
Bourdouxhe, *La femme de Gilles*
Bradbury, *Fahrenheit 451*
Breton, *L'Amour fou*
Breton, *Le Manifeste du Surréalisme*
Breton, *Nadja*
Brink, *Une saison blanche et sèche*

Brisville, *Le Souper*
Brönte, *Jane Eyre*
Brönte, *Les Hauts de Hurlevent*
Brown, *Da Vinci Code*
Buzzati, *Le chien qui a vu Dieu et autres nouvelles*
Buzzati, *Le veston ensorcelé*
Calvino, *Le Vicomte pourfendu*
Camus, *La Chute*
Camus, *Le Mythe de Sisyphe*
Camus, *Le Premier homme*
Camus, *Les Justes*
Camus, *L'Etranger*
Camus, *Caligula*
Camus, *La Peste*
Carrère, *D'autres vies que la mienne*
Carrère, *Le retour de Martin Guerre*
Carrère, *La controverse de Valladolid*
Carrol, *Alice au pays des merveilles*
Cassabois, *Le Récit de Gildamesh*
Céline, *Mort à crédit*
Céline, *Voyage au bout de la nuit*
Cendrars, *J'ai saigné*
Cendrars, *L'Or*
Cervantès, *Don Quichotte*
Césaire, *Les Armes miraculeuses*
Chanson de Roland
Char, *Feuillets d'Hypnos*
Chateaubriand, *Atala*
Chateaubriand, *Mémoires d'Outre-Tombe*
Chateaubriand, *René 25*
Chateaureynaud, *Le verger et autres nouvelles*
Chevalier, *La dame à la licorne*
Chevalier, *La jeune fille à la perle*
Chraïbi, *La Civilisation, ma Mère!...*
Chrétien de Troyes, *Lancelot ou le Chevalier de la Charrette*
Chrétien de Troyes, *Perceval ou le Roman du Graal*
Chrétien de Troyes, *Yvain ou le Chevalier au Lion*
Chrétien de Troyes, *Erec et Enide*
Christie, *Dix petits nègres*
Christie, *Nouvelles policières*
Claudel, *La petite fille de Monsieur Lihn*
Claudel, *Le rapport de Brodeck*
Claudel, *Les âmes grises*
Cocteau, *La Machine infernale*
Coelho, *L'Alchimiste*
Cohen, *Le Livre de ma mère*
Colette, *Dialogues de bêtes*
Conrad, *L'hôte secret*
Conroy, *Corps et âme*
Constant, *Adolphe*
Corneille, *Cinna*

Corneille, *Horace*
Corneille, *Le Menteur*
Corneille, *Le Cid*
Corneille, *L'Illusion comique*
Courteline, *Comédies*
Daeninckx, *Cannibale*
Dai Sijie, *Balzac et la Petite Tailleuse chinoise*
Dante, *L'Enfer*
Daudet, *Les Lettres de mon moulin*
De Gaulle, *Mémoires de guerre III. Le Salut. 1944-1946*
De Lery, *Voyage en terre de Brésil*
De Vigan, *No et moi*
Defoe, *Robinson Crusoé*
Del Castillo, *Tanguy*
Deutsch, *Les garçons*
Dickens, *Oliver Twist*
Diderot, *Jacques le fataliste*
Diderot, *Le Neveu de Rameau*
Diderot, *Paradoxe sur le comédien*
Diderot, *Supplément au voyage de Bougainville*
Dorgelès, *Les croix de bois*
Dostoïevski, *Crime et châtiment*
Dostoïevski, *L'Idiot*
Doyle, *Le Chien des Baskerville*
Doyle, *Le ruban moucheté*
Doyle, *Scandales en bohème et autres contes*
Dugain, *La chambre des officiers*
Dumas, *Le Comte de Monte Cristo*
Dumas, *Les Trois Mousquetaires*
Dumas, *Pauline*
Duras, *Le Ravissement de Lol V. Stein*
Duras, *L'Amant*
Duras, *Un barrage contre le Pacifique*
Eco, *Le Nom de la rose*
Enard, *Parlez-leur de batailles, de rois et d'éléphants*
Ernaux, *La Place*
Ernaux, *Une femme*
Fabliaux du Moyen Age
Farce de Maitre Pathelin
Faulkner, *Le bruit et la fureur*
Feydeau, *Feu la mère de Madame*
Feydeau, *On purge bébé*
Feydeau, *Par la fenêtre et autres pièces*
Fine, *Journal d'un chat assassin*
Flaubert, *Bouvard et Pecuchet*
Flaubert, *Madame Bovary*
Flaubert, *L'Education sentimentale*
Flaubert, *Salammbô*
Follett, *Les piliers de la terre*
Fournier, *Où on va papa?*
Fournier, *Le Grand Meaulnes*

Frank, *Le Journal d'Anne Frank*
Gary, *La Promesse de l'aube*
Gary, *La Vie devant soi*
Gary, *Les Cerfs-volants*
Gary, *Les Racines du ciel*
Gaudé, *Eldorado*
Gaudé, *La Mort du roi Tsongor*
Gaudé, *Le Soleil des Scorta*
Gautier, *La morte amoureuse*
Gautier, *Le capitaine Fracasse*
Gautier, *Le chevalier double*
Gautier, *Le pied de momie et autres contes*
Gavalda, *35 kilos d'espoir*
Gavalda, *Ensemble c'est tout*
Genet, *Journal d'un voleur*
Gide, *La Symphonie pastorale*
Gide, *Les Caves du Vatican*
Gide, *Les Faux-Monnayeurs*
Giono, *Le Chant du monde*
Giono, *Le Grand Troupeau*
Giono, *Le Hussard sur le toit*
Giono, *L'homme qui plantait des arbres*
Giono, *Les Âmes fortes*
Giono, *Un roi sans divertissement*
Giordano, *La solitude des nombres premiers*
Giraudoux, *Electre*
Giraudoux, *La guerre de Troie n'aura pas lieu*
Gogol, *Le Manteau*
Gogol, *Le Nez*
Golding, *Sa Majesté des Mouches*
Grimbert, *Un secret*
Grimm, *Contes*
Gripari, *Le Bourricot*
Guilleragues, *Lettres de la religieuse portugaise*
Gunzig, *Mort d'un parfait bilingue*
Harper Lee, *Ne tirez pas sur l'oiseau moqueur*
Hemingway, *Le Vieil Homme et la Mer*
Hessel, *Engagez-vous!*
Hessel, *Indignez-vous!*
Higgins, *Harold et Maud*
Higgins Clark, *La nuit du renard*
Homère, *L'Iliade*
Homère, *L'Odyssée*
Horowitz, *La Photo qui tue*
Horowitz, *L'Île du crâne*
Hosseini, *Les Cerfs-volants de Kaboul*
Houellebecq, *La Carte et le Territoire*
Hugo, *Claude Gueux*
Hugo, *Hernani*
Hugo, *Le Dernier Jour d'un condamné*
Hugo, *L'Homme qui Rit*
Hugo, *Notre-Dame de Paris*
Hugo, *Quatrevingt-Treize*
Hugo, *Les Misérables*
Hugo, *Ruy Blas*
Huston, *Lignes de faille*
Huxley, *Le meilleur des mondes*
Huysmans, *À rebours*
Huysmans, *Là-Bas*
Ionesco, *La cantatrice Chauve*
Ionesco, *La leçon*
Ionesco, *Le Roi se meurt*
Ionesco, *Rhinocéros*
Istrati, *Mes départs*

Jaccottet, *A la lumière d'hiver*
Japrisot, *Un long dimanche de fiançailles*
Jary, *Ubu Roi*
Joffo, *Un sac de billes*
Jonquet, *La vie de ma mère!*
Juliet, *Lambeaux*
Kadaré, *Qui a ramené Doruntine?*
Kafka, *La Métamorphose*
Kafka, *Le Château*
Kafka, *Le Procès*
Kafka, *Lettre au père*
Kerouac, *Sur la route*
Kessel, *Le Lion*
Khadra, *L'Attentat*
Koenig, *Nitocris, reine d'Egypte*
La Bruyère, *Les Caractères*
La Fayette, *La Princesse de Clèves*
La Fontaine, *Fables*
La Rochefoucauld, *Maximes*
Läckberg, *La Princesse des glaces*
Läckberg, *L'oiseau de mauvais augure*
Laclos, *Les Liaisons dangereuses*
Lamarche, *Le jour du chien*
Lampedusa, *Le Guépard*
Larsson, *Millenium I. Les hommes qui n'aimaient pas les femmes*
Laye, *L'enfant noir*
Le Clézio, *Désert*
Le Clézio, *Mondo*
Leblanc, *L'Aiguille creuse*
Leiris, *L'Âge d'homme*
Lemonnier, *Un mâle*
Leprince de Beaumont, *La Belle et la Bête*
Leroux, *Le Mystère de la Chambre Jaune*
Levi, *Si c'est un homme*
Levy, *Et si c'était vrai...*
Levy, *Les enfants de la liberté*
Levy, *L'étrange voyage de Monsieur Daldry*
Lewis, *Le Moine*
Lindgren, *Fifi Brindacier*
Littell, *Les Bienveillantes*
London, *Croc-Blanc*
London, *L'Appel de la forêt*
Maalouf, *Léon l'africain*
Maalouf, *Les échelles du levant*
Machiavel, *Le Prince*
Madame de Staël, *Corinne ou l'Italie*
Maeterlinck, *Pelléas et Mélisande*
Malraux, *La Condition humaine*
Malraux, *L'Espoir*
Mankell, *Les chaussures italiennes*
Marivaux, *Les Acteurs de bonne foi*
Marivaux, *L'île des esclaves*
Marivaux, *La Dispute*
Marivaux, *La Double Inconstance*
Marivaux, *La Fausse Suivante*
Marivaux, *Le Jeu de l'amour et du hasard*
Marivaux, *Les Fausses Confidences*
Maupassant, *Boule de Suif*
Maupassant, *La maison Tellier*
Maupassant, *La morte et autres nouvelles fantastiques*
Maupassant, *La parure*
Maupassant, *La peur et autres contes fantastiques*
Maupassant, *Le Horla*
Maupassant, *Mademoiselle Perle et

autres nouvelles
Maupassant, *Toine et autres contes*
Maupassant, *Bel-Ami*
Maupassant, *Le papa de Simon*
Maupassant, *Pierre et Jean*
Maupassant, *Une vie*
Mauriac, *Le Mystère Frontenac*
Mauriac, *Le Noeud de vipères*
Mauriac, *Le Sagouin*
Mauriac, *Thérèse Desqueyroux*
Mazetti, *Le mec de la tombe d'à côté*
McCarthy, *La Route*
Mérimée, *Colomba*
Mérimée, *La Vénus d'Ille*
Mérimée, *Carmen*
Mérimée, *Les Âmes du purgatoire*
Mérimée, *Matéo Falcone*
Mérimée, *Tamango*
Merle, *La mort est mon métier*
Michaux, *Ecuador et un barbare en Asie*
Mille et une Nuits
Mishima, *Le pavillon d'or*
Modiano, *Lacombe Lucien*
Molière, *Amphitryon*
Molière, *L'Avare*
Molière, *Le Bourgeois gentilhomme*
Molière, *Le Malade imaginaire*
Molière, *Le Médecin volant*
Molière, *L'Ecole des femmes*
Molière, *Les Précieuses ridicules*
Molière, *L'Impromptu de Versailles*
Molière, *Dom Juan*
Molière, *Georges Dandin*
Molière, *Le Misanthrope*
Molière, *Le Tartuffe*
Molière, *Les Femmes savantes*
Molière, *Les Fourberies de Scapin*
Montaigne, *Essais*
Montesquieu, *L'Esprit des lois*
Montesquieu, *Lettres persanes*
More, *L'Utopie*
Morpurgo, *Le Roi Arthur*
Musset, *Confession d'un enfant du siècle*
Musset, *Fantasio*
Musset, *Il ne faut juger de rien*
Musset, *Les Caprices de Marianne*
Musset, *Lorenzaccio*
Musset, *On ne badine pas avec l'amour*
Musso, *La fille de papier*
Musso, *Que serais-je sans toi?*
Nabokov, *Lolita*
Ndiaye, *Trois femmes puissantes*
Nemirovsky, *Le Bal*
Nemirovsky, *Suite française*
Nerval, *Sylvie*
Nimier, *Les inséparables*
Nothomb, *Hygiène de l'assassin*
Nothomb, *Stupeur et tremblements*
Nothomb, *Une forme de vie*
N'Sondé, *Le coeur des enfants léopards*
Obaldia, *Innocentines*
Onfray, *Le corps de mon père, autobiographie de ma mère*
Orwell, *1984*
Orwell, *La Ferme des animaux*
Ovaldé, *Ce que je sais de Vera Candida*
Ovide, *Métamorphoses*
Oz, *Soudain dans la forêt profonde*

Pagnol, *Le château de ma mère*
Pagnol, *La gloire de mon père*
Pancol, *La valse lente des tortues*
Pancol, *Les écureuils de Central Park sont tristes le lundi*
Pancol, *Les yeux jaunes des crocodiles*
Pascal, *Pensées*
Péju, *La petite chartreuse*
Pennac, *Cabot-Caboche*
Pennac, *Au bonheur des ogres*
Pennac, *Chagrin d'école*
Pennac, *Kamo*
Pennac, *La fée carabine*
Perec, *W ou le souvenir d'Enfance*
Pergaud, *La guerre des boutons*
Perrault, *Contes*
Petit, *Fils de guerre*
Poe, *Double Assassinat dans la rue Morgue*
Poe, *La Chute de la maison Usher*
Poe, *La Lettre volée*
Poe, *Le chat noir et autres contes*
Poe, *Le scarabée d'or*
Poe, *Manuscrit trouvé dans une bouteille*
Polo, *Le Livre des merveilles*
Prévost, *Manon Lescaut*
Proust, *Du côté de chez Swann*
Proust, *Le Temps retrouvé*
Queffélec, *Les Noces barbares*
Queneau, *Les Fleurs bleues*
Queneau, *Pierrot mon ami*
Queneau, *Zazie dans le métro*
Quignard, *Tous les matins du monde*
Quint, *Effroyables jardins*
Rabelais, *Gargantua*
Rabelais, *Pantagruel*
Racine, *Andromaque*
Racine, *Bajazet*
Racine, *Bérénice*
Racine, *Britannicus*
Racine, *Iphigénie*
Racine, *Phèdre*
Radiguet, *Le diable au corps*
Rahimi, *Syngué sabour*
Ray, *Malpertuis*
Remarque, *A l'Ouest, rien de nouveau*
Renard, *Poil de carotte*
Reza, *Art*
Richter, *Mon ami Frédéric*
Rilke, *Lettres à un jeune poète*
Rodenbach, *Bruges-la-Morte*
Romains, *Knock*
Roman de Renart
Rostand, *Cyrano de Bergerac*
Rotrou, *Le Véritable Saint Genest*
Rousseau, *Du Contrat social*
Rousseau, *Emile ou de l'Education*
Rousseau, *Les Confessions*
Rousseau, *Les Rêveries du promeneur solitaire*
Rowling, *Harry Potter–La saga*
Rowling, *Harry Potter à l'école des sorciers*
Rowling, *Harry Potter et la Chambre des Secrets*
Rowling, *Harry Potter et la coupe de feu*
Rowling, *Harry Potter et le prisonnier d'Azkaban*
Rufin, *Rouge brésil*

Saint-Exupéry, *Le Petit Prince*
Saint-Exupéry, *Vol de nuit*
Saint-Simon, *Mémoires*
Salinger, *L'attrape-coeurs*
Sand, *Indiana*
Sand, *La Mare au diable*
Sarraute, *Enfance*
Sarraute, *Les Fruits d'Or*
Sartre, *La Nausée*
Sartre, *Les mains sales*
Sartre, *Les mouches*
Sartre, *Huis clos*
Sartre, *Les Mots*
Sartre, *L'existentialisme est un humanisme*
Sartre, *Qu'est-ce que la littérature?*
Schéhérazade et Aladin
Schlink, *Le Liseur*
Schmitt, *Odette Toutlemonde*
Schmitt, *Oscar et la dame rose*
Schmitt, *La Part de l'autre*
Schmitt, *Monsieur Ibrahim et les fleurs du Coran*
Semprun, *Le mort qu'il faut*
Semprun, *L'Ecriture ou la vie*
Sépulvéda, *Le Vieux qui lisait des romans d'amour*
Shaffer et Barrows, *Le Cercle littéraire des amateurs d'épluchures de patates*
Shakespeare, *Hamlet*
Shakespeare, *Le Songe d'une nuit d'été*
Shakespeare, *Macbeth*
Shakespeare, *Romeo et Juliette*
Shan Sa, *La Joueuse de go*
Shelley, *Frankenstein*
Simenon, *Le bourgmestre de Fume*
Simenon, *Le chien jaune*
Sinbad le marin
Sophocle, *Antigone*
Sophocle, *Œdipe Roi*
Steeman, *L'Assassin habite au 21*
Steinbeck, *La perle*
Steinbeck, *Les raisins de la colère*
Steinbeck, *Des souris et des hommes*
Stendhal, *Les Cenci*
Stendhal, *Vanina Vanini*
Stendhal, *La Chartreuse de Parme*
Stendhal, *Le Rouge et le Noir*
Stevenson, *L'Etrange cas du Docteur Jekyll et de M. Hyde*
Stevenson, *L'Île au trésor*
Süskind, *Le Parfum*
Szpilman, *Le Pianiste*
Taylor, *Inconnu à cette adresse*
Tirtiaux, *Le passeur de lumière*
Tolstoï, *Anna Karénine*
Tolstoï, *La Guerre et la paix*
Tournier, *Vendredi ou la vie sauvage*
Tournier, *Vendredi ou les limbes du pacifique*
Toussaint, *Fuir*
Tristan et Iseult
Troyat, *Aliocha*
Uhlman, *L'Ami retrouvé*
Ungerer, *Otto*
Vallès, *L'Enfant*
Vargas, *Dans les bois éternels*
Vargas, *Pars vite et reviens tard*
Vargas, *Un lieu incertain*

Verne, *Deux ans de vacances*
Verne, *Le Château des Carpathes*
Verne, *Le Tour du monde en 80 jours*
Verne, *Madame Zacharius, Aventures de la famille Raton*
Verne, *Michel Strogoff*
Verne, *Un hivernage dans les glaces*
Verne, *Voyage au centre de la terre*
Vian, *L'écume des jours*
Vigny, *Chatterton*
Virgile, *L'Enéide*
Voltaire, *Jeannot et Colin*
Voltaire, *Le monde comme il va*
Voltaire, *L'Ingénu*
Voltaire, *Zadig*
Voltaire, *Candide*
Voltaire, *Micromégas*
Wells, *La guerre des mondes*
Werber, *Les Fourmis*
Wilde, *Le Fantôme de Canterville*
Wilde, *Le Portrait de Dorian Gray*
Woolf, *Mrs Dalloway*
Yourcenar, *Comment Wang-Fô fut sauvé*
Yourcenar, *Mémoires d'Hadrien*
Zafón, *L'Ombre du vent*
Zola, *Au Bonheur des Dames*
Zola, *Germinal*
Zola, *Jacques Damour*
Zola, *La Bête Humaine*
Zola, *La Fortune des Rougon*
Zola, *La mort d'Olivier Bécaille et autres nouvelles*
Zola, *L'attaque du moulin et autre nouvelles*
Zola, *Madame Sourdis et autres nouvelles*
Zola, *Nana*
Zola, *Thérèse Raquin*
Zola, *La Curée*
Zola, *L'Assommoir*
Zweig, *La Confusion des sentiments*
Zweig, *Le Joueur d'échecs*

NOTES

....

....

....

....

....

....

....

....

....

....

....

....

....

....

....

....

....

....

....

PQ 2605 . A3734

Made in the USA
Lexington, KY
30 July 2012